KB141747

제비꽃

박희섭 유고시집

도서출판
곰단지

취농 박희섭

1958년	진주출생
	경남대학교 국어교육학과 졸업
2002년	중앙문우회원 활동
2004년	시인으로 등단

그림 : 단채 김분순

문인화가

개인전 2회, 문인화 삼인전, 국내외 초대전

한국미술협회 회원, 현대문인화 초대작

차 례

새벽별이 된 사람, 박희섭 시인이 그리운 이들의 글

1부
밤길

감자를 용서하기까지

들일 나간 아버지 새참으로
시든 봄감자 껍질을 벗긴다

놋쇠 몽당 숟가락 날에 쓸려
손바닥은 벌겋게 달아오르고
감자가 둥글어야만 한다는 사실이
나를 화나게 만들었다

막대같이 길쭉한 감자는 왜 없는 걸까
둥근 사실에 대한 지청구를 하며
숟가락총으로 감자더미를 파헤쳤다

감자 전분이 파리똥처럼 앉은 얼굴에
하얀 감자꽃 같은 웃음을 한소쿠리 피우며
할머니는 큰 감자를 골라 내 앞으로 내민다

유월 장마비 내리는 일요일 오늘은

내가 식구들의 간식을 위해 감자 껍질을 벗긴다

큰 감자 몇 알을 골라 할머니 앞으로 살짝 밀며

작고 못난 감자를 찾아 껍질을 벗긴다

감자가 둥글어야만 된다는 이유를 알기까지

꼭 마흔 몇 해가 걸렸다

사랑은 작고 둥근 마음에 피는 하얀 감자꽃이었구나

낙화

보지 말아야 했었다

무너지는 것들이 남기는 풍경을

만개한 생의 형태를

일제히 해체하며

깨어진 향기가 바람이 되어

나비의 비상같이 흩어지는 나무들의 상처

저것은 결실을 위한 춤이 아니다

겨울 내내 솟은 제 몸의 열꽃

뜨거운 아픔을 몸 밖으로 뱉어내는 것

반짝 불꽃들이 어둠 속으로 사라져 버리듯

일제히 꽃불을 지펴

자신의 전부를 하얗게 불태우는 것이리라

바라볼수록 눈물겨운 저

지상의 별로 내려앉는 것들

별들은 언제나 깊은 상처로 반짝이고

순간의 절정을 향한 하얀 몸부림

나무가 뿌리는 별리의 유리가루에 눈이 아파온다

꿈

보리이삭 피어나면 꿈 생각나네

스무살 그 무렵엔 꿈도 웬 그리 많아

시 읽을땐 시인 되고

영화 보면 배우 되고

하루에도 몇 번씩 꿈이 바뀌고

꿈속에다 꿈을 심어

파릇 파릇해지던 꿈

자신감도 많더니만

나이 들면서 영혼도 시드는지

아이들 코밑 검어지자

꿈도 달아나네

이젠 깰 꿈조차 없는

꿈도 없는 사람이 되어

세상을 핑계로 핑곗술 마시면

지금 니 몇 살고

아직도 꿈꾸고 있나 하며

아이 꿈이 어른 꿈 불러

꿈이 꿈을 나무라면

와르르 무너지는 꿈의 무더기

밤길

밤에는 길이 따로 없다
반딧불이 가는 방향이 길이 된다
이 시간 짐작이 가장 위험한 길이다

눈을 닫고 귀의 길을 열어야 한다
길은 강이 되어 흐르고
강은 훤한 신작로가 된다

풀무치나 쓰르라미 울음의 중간이
가장 안전한 길이다
풀무치가 이슬방울을 굴리는지
물방울이 발등에 튄다

풀들의 마을 한복판인가
밤이 깊어지면 소리가 된다
소리가 없는 곳은 길이 아니다

밤

하루 동안

태양의 반대편에서 짜낸

검은 즙

한 잔씩 마시고

망막의 뒤편에 나를 눕힌다

사람들이 눕는다

가을의 길목

가을이 절기의 계단을 밟고
제 스스로 오는 줄 알았는데
아니었다

바람이 매미울음 뒤를 돌아
사뿐사뿐 데리고 와서 풀어 놓는다

계절을 사람이 가장 먼저 아는 것 같지만
그것도 아니다

장롱 깊숙이 걸린 소매 긴 옷깃이
제일 먼저 계절을 읽고 있다

소매 깃에 묻어있는 계절에 가을꽃이 핀다

기차에 대한 단상(斷想)

호남선 철길 위로

소시지 토막 같은

정유탱크를 실은 화차가 달리고 있다

어디쯤에서 한 방울의 등유를 기다리는

가슴 시린 사람이 이 밤에도 있어

식어 가는 가슴에 불을 지필 것인가

나는 검은 밤의 보자기에 아무렇게나 싸여

떠나는 기차에 대해 생각해 본다

아무리 달려봐도 떠나간 기차는 탈 수 없는

한 때 나에게는 사랑도 달리는 기차였다

지금도 나는 끝내 승차하지 못하고

철길처럼 긴 두 가닥의 그리움을 밤새도록 펼쳐놓고

내 가슴속 갈비뼈 같은 침목을 쿵쿵 올리며 돌아올

떠나간 기차를 기다려 본다

사랑에도 삶에도 길이 있다는 걸

서리 내려 미끄러운 철길을 밟고 오며 알았다

내 삶도 저 화차처럼 삶의 정유탱크를 싣고

붉은 녹이 슨 추억의 철로 변 역사에서

가끔은 시간표를 보며 시계를 들여다 볼 것 같은

코스모스와 함께 한참 휘청거릴 것 같은

그런 사람이 아직도 있어

그 한사람의 가슴에 램프 불을 밝히기 위해

정유탱크를 실은 내 삶의 협궤열차는

이 밤도 어느 역을 외롭게 달려가고 싶다

파적(破寂)

파적이라 !

살아가기도 힘든 세상에

어느 풀잎에서 파적을 읽다니

또 풀잎이 나에게 책을 펼친다

그리고 책을 읽힌다

여치 눈알 같은 한 방울 이슬

거기가 우리 마지막 깃들 우주인가

내가 만들지 못했던 것을

밤이 만들어 보란 듯이 걸어두고 갔다

寂(적)

오늘 저녁엔

적 한 사발 먹고 싶다

부모

도망가고 싶어도
도망갈 수 없는 사람

맛있는 것이 있으면
먹다가도 목 맺히는 사람

만 가지가 미워도
한 가지 좋은 것 보면
언 가슴이 살얼음처럼 풀리는 사람

그러다 가슴에 쩡 하고 금이 가는 사람

그리움

가을 한나절 볕에 달궈진
목까지 차 오른 그리움

맨드라미
온 마음 다 붉게 물들이고도
계절 시드는 가을의 윗목에서

나는 너에게
남겨줄 꽃잎 하나 가지지 못한
가난한 꽃이었나

너는 나팔꽃으로 피었다
배롱꽃으로 지고

나는
떨굴 꽃잎도 없는
불쌍한 맨드라미로 남아

깨알 같은 그리움 까만 씨로 남는다

입동(立冬)

갈대의 머리끝이 젖을 때

나는 온몸이 젖었다

입동 그 즈음

눈이 와야 한다고

발목이 빠질

함박눈이 와야 한다고

우산 밑에서

낭만적인 연인들이

백설의 산간 지역을 이야기 할 때

겨울비가 내렸다

버려야 할 구두 코 끝엔

땀방울 같은 빗물이 맺혀

신도 길도 버리지 못하는

그런 날이 왔다

입동 그 즈음

겨울일기1

바람의 언 발자국 소리
문틈 문풍지에 스민다

볼이 고운별의 눈망울이
유리알 같이 맑은 밤

달력을 보니 삼강이다

퇴근길에 딴 코스모스 꽃씨
노란 봉투에 담아
기억을 꼭꼭 묻혀 봉인한다

아이들 내의를 찾아
머리맡에 두고
잠든 별을 본다

제 혼자 놀이터 흙먼지 길을

운행한 고독한 별의 하루가

빰에 때국물로 남아있다

야윈 삶에 눈시울이 쓰리다

눈오는 밤

해가 바뀌고 날이 어두워도

들려오는 소리가 있다

내 마음의 가장 정결한 곳에 쌓여 있는

하얀 눈을 밟으러 오는 소리

뽀드득거림이 전하는 울림

그대 발자국 소리

이젠 먼 곳에서 안부만 묻는

삶의 말뚝에 고삐를 매고 침잠하는 밤

마음의 눈길을

따라 오가는 우리들의

하얀 발자국 소리

눈이 퍼붓고 날이 저물어도

지워지지 않는 소리가 되어온다

첫 휴가

들뜬 마음으로 마장동에서 진주 가는 막차를 겨우 잡아타고
차속에서 구보를 하며 고향으로 달려간 적이 있었다.
추풍령을 막 지나니 밤이 깊어 승객들은 다 잠들고 할아버지
한분과 내가 교대로 불침번을 섰다.
60년대 대구에서 50사단에 근무하던 큰형이 휴가 올 때마다 사 오던
대구 능금 생각이 나서 대합실에서 사과 한 바구니를 샀는데,
나 없는 사이 차부 이전을 했나, 영 낯 설어서 사과장수 아지매한테
진주 어디쯤이냐고 물으니, 워따매 이 아저씨 큰일 나뿌렀네 시방
여기가 진주지라오 한다.
징주 딸네집에 댕기로 간다는 축농증으로 발음이 어눌한
코맹맹이 할아버지와 나는 차부 뒤 진주여인숙에서 밤늦게까지 사과를
깎은 적이 있다.

물건항

그리운 남해 바다에는

아직도 자잘한 항구들이 많이 살고 있다

내가 물건항에 도착했을 때

바다는 질척거리는 몸짓으로

하늘 한 자락을 잡아 당겨 쪽빛 해안선을 다 파먹고

어촌 계장같이 불룩한 배를 마을쪽으로 쑥 내밀어 놓고 누워

풍경 하나를 만들고 있었다

물건항에서 가장 물건은 뭐니 뭐니해도

엉덩이에 비해 가지가 너무 초라한 늙은 나무들이다

마을로 쳐들어오는 바람의 멱살을 잡아채다

손가락이 다 닳아버린 방풍림이 제일 물건이다

어떤 날은 해풍에 바다 한 자락이 딸려와

이불보같이 나뭇가지에 걸려 빨래처럼 펄럭이는 날도 있는데

그런 날은 꼭 늙은 나무들이 서둘러 바다 쪽의 창문을 닫고

제 가지를 찢어 바다 가까이에 있는 집들의 지붕을 덮어 주었다

너무 많은 것을 알아버린 사람들은

바람의 주술을 허무는 방파제를 바다 밖에 쌓고

늙은 나무들을 베어 내기 시작했다

젊은 사람들은 다 뭍으로 떠나고

찢어진 거물 코에 코 어두운 고양이만 걸려

아이 우는 소리를 파도에 풀어 넣는 슬픈 물건항

파도 소리에 제 생을 스스로 톱질한

온갖 물건들이 안주의 꿈을 꾸며 하얀 소금빛으로 삭아 내리고

바다는 오래된 관절을 삐걱거리며 백사장으로 걸어나와

둥근 물방울로 마침표를 찍으며 늙은 고목의 뿌리를 적시고 있었다

(물건항: 경남 남해군 삼동면에 있는 어항)

악양 가는 길

악양골 사랑을 감나무가 알았을까

대봉이 붉게 익어 길은 밝은데

골이 깊어 쓸쓸한 악양 가는 길

사루비아 꽃잎 지는 악양 삼거리

사랑을 기다리던 향수 다방엔

노인 두서넛 외롭게 앉아 다 타버린

담뱃재를 추억처럼 털고 있다

나는 스무살 그쯤의 소년으로 돌아가

향수다방 난로 위 찻물처럼 끓다가

군내버스 지날 때마다 사람을 기다려본다

우체국 앞 금목서는 조용히 꽃잎을 열어

노란 향기를 계절 속으로 풀어 보내는데

나는 아직도 이름 석자를 잊지 못하나

이런 날 어쩌자고 단풍은 저렇게도 끓어

온 골을 그리움으로 가득 채우는가

추억들은 녹아 섬진강으로 흘러 들고

사랑은 백사장에 새겨둔 발자국 같은 것

어떤 풍경 속에도 보고픈 사람은 없고

골이 깊어 마음도 깊어지는 악양 가는 길

가을, 봉화산

마음의 봉홧불 지펴 단풍 찾아가는 길
미루, 미루 잎들은 지천으로 붉어
잎사귀마다 뜨거운 시간을 비우며
곱게 익어 맑은 가을 산을 만든다

사람의 마음이 산의 골보다 더 깊어지는 계절
내 안을 들여다보니 깊고 쓸쓸한
가을국 몇 송이 적적히 흔들려
고전적인 추억으로 말라가고 있었다

오를 때는 봉화산
하산 길은 금성산
산 하나가 이름 둘을 달고 서 있는 산

산도 제 생각대로 계절을 이야기하고 싶었는지
오랜 시간동안 꿈꾸었던 마음을 모아
봉수대 불구덩이 숯덩이를 달구다가
온 산에 불꽃, 잎이 피우는 꽃밭을 만든다

해는 서쪽 봉우리에서 끝불로 번져갈 때

대원사 추녀 끝 청동 대접을 바람이 때려

맑은 풍경 소리 가을 속으로 날리고

가을, 봉화산은 풀무를 당겨 뜨거운 산불로 타오른다

겨울 설봉산

설풍에 남아 결실을 고집하던
색 붉은 산수유알 더 붉어질 때
아직 철 덜 든 계절이 우 몰려와
흰 페인트를 무장무장 뿌리고 달아나면

골 깊은 겨울산
수묵화의 도첩 사이로
쩡 쩡
설해목 찢어지는 소리 날린다

눈 속에 주둥이 묻고 푸성귀 찾던
간 작은 노루는 길길이 내닫고
노루에 놀란 장끼 깃털 치며 솟는
겨울 설봉산

마을에서 들으면
온 골짜기 거들날 것 같은 오후
식탐 많은 청솔모 저녁꺼리 챙기다

걱정스런 눈망울로 설산을 굽어본다

이미 폭설 맛을 아는 묏 비둘기는
일찌감치 콩 꽃 피는 꿈을 꾸며
풍성한 잠 속의 식탁으로 날아가고
별빛만으로도 능히 책 읽을 것 같은
겨울 설봉산

기차는 어디로 가는가

내가

야간열차를 타고 가야 할 곳을 잃었을 때

그 간이역이 사람처럼 섧게 울더라고

역장이 그 마누라한테 한 말을

닷새 장에 온 할머니가 우리 할머니한테

지나가는 말로 했는데

어제 저녁 그 소문 듣고

데친 나물같이 처진 어깨로

나도 쓸쓸한 간이역이 되어 한참을 울었다

기차는 왜 돌아오는가

내 갈비뼈를 침목처럼 울리며

젊은 날의 시간을 몽땅 싣고 떠난 기차가

붉은 레일을 조심스럽게 밟고

다시 돌아오는 것은

아직도 녹슨 기억속에 녹슬지 않는

추억이 살고 있는 까닭이다

아니다

사람 같이 늙어버린 기차가

덜컹거리는 뼈마디 사이로

늦은 밤 불빛만 싣고 다시 돌아오는 것은

오랜 시간 속에 박혀 붉게 녹슨 못같이

간이역에 박혀 있는

늙은 역장이 흔드는 깃발의 흔들림이 그립기 때문이다

귀가 돋아나는 밤

집나간 고양이를 기다리는 밤

마음과 귀가

밤늦도록 마당귀를 밟고 있다

밤이 깊어질수록

귀 두 개가 모자라

온 몸에 나뭇잎처럼 둥근 귀가 돋아

소리 나는 쪽을 향해 귀가 마음처럼 일어선다

가볍게 굴러가는 낙엽의

발자국 소리 하나에도 귀가 열려

부질없이 마음 흔들리다가

불면의 머리맡을 따라 정수리에 불을 지핀다

발자국 소리 장물보다 깊게 흘러가는 밤

기다림이 지나가는 길은

망상한 시간의 파편들이 비명처럼

밤새 흩어지며 붉게 피멍 들이는 가슴안쪽이던가

제 마음 속 고민의 색깔로 삶을 그려가는 밤

기다림의 창문 밖 불빛에 비친 전봇대 그림자

검은 외발 유령처럼 스쳐 사라져버리고

나는 온 밤을 깊은 마음의 감옥에 갇혀 귀만 열어 놓고 있다

진양호에서

사람들이 젖줄이라고 부르는 진양호에서

월요일 밤마다

대꼬챙이에 간통 당해

퉁퉁 부어 오른 오뎅을 먹는다

국 맛을 위해 기꺼이 자신을 던진

마른 새우 한줌과 조선무 몇 토막

인생도 그렇듯이 엑스트라는 무값이라

가치 없이 자신을 풀어내지만

나는 안다

국물을 마시며 그들이 오뎅 맛을 지배한다는 걸

그들만이 진정 깊은 맛을 낼 수 있다는 걸

더운 여름 진양호행 만원버스 안에서

남을 위해 자리 한번 비워본 사람은 안다

끓는 솥에서 남을 위한다는 것이 얼마나 어려운지

오뎅 솥 주위에 겨울 강아지처럼 둘러 앉아

조껍데기 막걸리를 마시며

좁쌀보다 더 자잘한 삶을 얘기할 때

나는 둑 너머 어둠에 잠겼을 진양호를 생각한다

잠든 젖먹이 도시를 내려다보며

한 모금이라도 더 물리기 위해

젖통 불어터지는 줄도 모르고

밤새 아픈 젖통을 문지르며 야근하는

새댁 같은 진양호의 아픔을 나는 안다

어린 시절 저녁을 먹을 때

맛있는 반찬일수록 젓가락질이 없던

어머님의 손길을 본 사람은 안다

자식을 키운 것은 젖이 아닌 당신의 유즙인 것을

기다림1

하얀 원피스 자락에 묻어오는 검정빛 어둠을 위해

그대 오는 길목에 가등 하나를 조용히 켜고 싶습니다

밝게 내려앉는 불빛 밑으로 모여드는 하루살이 같이

그 긴 기다림 밑에 기대어 서서 자정이 지나도록

풀벌레 소리에 묻어오는 발자국 소리 하나 기다리다

불빛 사위어가는 새벽에 닿아 가뭇없이 저물고 싶습니다

어두운 길목으로 이슬이 내리는지 기대선 어깨 위로

작은 물방울들의 발자국 소리 둥글게 둥글게 내려앉고

멀리 보이는 아파트 창문마다 불빛이 하나 둘 집니다

이 무거운 질곡의 시간들을 거두고 집으로 돌아와

이제는 귓가에 묻은 풀벌레소리 창문 밖으로 털어내고

새벽 일기장에 외롭다는 말은 결코 쓰지 않을 겁니다

아침이면 그 긴 기다림의 길목에 하얀 햇살이 찾아와

부끄럽게 남긴 발자국들 천천히 지우고 가겠지요

그때 나는 오래 켜 둔 가등 불빛을 가슴에 담아두고

그대 오지 않는 길목에 가등 하나를 조용히 끄겠습니다

기다림2

내가 언젠가 이야기 했지?

기다림에도 색깔이 있다는 걸

지난 가을

우리가 냇둑 길을 걸으며 뿌려 둔 이야기들

잘 익은 씨앗으로 영글어서

노오란 달맞이 꽃으로 피어있더라

마디마디 잊을 수 없는

약속 한 송이씩 달고

어둠이 우리들의 발자국을 덮어버린

물소리 맑은 둑길에 까치발을 하고 서서

서로를 기다리던 마음의 정거장에

반딧불 닮은 달맞이꽃이 밤새도록 피어 있더라

운주사

구름 주인이

개망초 꽃 피었다 문드러지는

옷자락에 묻은 먼지도 털지 않고

편무암 바위조각에 깃들어

천년 전 풍경소리를 듣다

머슴으로 성불 하여

산등성이에 서기까지

얼마나 많은 구름 같은 꿈을 버렸을까

운주사 머슴 부처

2부
제비꽃

생 일

월요일에 비가 내려

내 생일이 다 젖는다

내가 떡잎이었던 날

어머니는 하루 종일 보리타작에

젖이 뒤웅박같이 불어서

보리 모개미를 다 적셨더란다

이젠 젖도 보리밭도 없는

쓸쓸한 도시에 비가 내려

외로운 것들이 다 젖는 월요일

오늘은 내가 어머니를 적신다

소주 한잔을 흙무덤에 뿌리며

풀잎과 어머니와 생일이 함께 젖는다

꿈 1

첫사랑과 키스하는 꿈을 꾸다 깬 새벽
툭 떨어져 나간 꿈의 난간에서
무너져 내리는 시간을 보았다

문득 나는 주인 없이 버려진 가축같이 쓸쓸해져서
창문을 여니 달은 막 중천을 지나고
염소자리별이 은하의 제방 밑을 걸어가고 있었다

낮에 짓는 죄도 모자라
이 야밤중까지 죄를 짓는다고 생각하다
손으로 입술을 닦고
또 눈가를 닦으며 밖을 보니
석류꽃이 꿈같이 서운케 지는 오월이었다

철이 간다는 건

철이 간다는 건

철새는 언제나 철과 철 사이에서

철철이 산란을 하고

철이 들면 철없이 떠난다

철과 철 사이는 너무 좁아

둥지를 매달아 놓고

노래 한 소절을 공중에 뿌릴 틈새도 없다

바람소리 얇은

갈대 숲 언저리나

사철나무가지 사이에서 잠깐 졸다가

날개에 바람을 달고 아침햇살을 쪼아댈 뿐

한철이 간다는 건

마음속 굳게 잠긴 새장 문을 열고

한 무리의 철새 떼를 머리위로 날려 보내는 것

그리하여 무겁고 답답한 가슴을 한번 비워보는 것

꽃잎

해남 땅 겨울은 푸른 바다를 밟으며 온다

바다는 보길도를 지나는 바람 편에

파도 한 겹식 벗겨

해남 땅 온 천지에 풀어 놓는다

바람이 헤맨 곳 마다

보리며 마늘 순이 동백 숲처럼 푸르다

얼굴이 가무잡잡한 해남 사람들

겨울 동백 숲을 스쳐온 바람에 입술마다

붉은 동백꽃 숭어리 하나씩 물고 다닌다

동백꽃이 입술에서 피었다 지는 마을

파도의 모서리에 가슴 찍힐때 마다

내륙 사람들이 감나무를 심듯

동백 한 그루씩을 가슴에 심어 방풍림을 삼았던가

해남에 와서 동백꽃을 보려거든 사람을 보라

파도처럼 꼿꼿이 일어서는 그리움을

방파제 저쪽으로 밀어 두고

낡은 대바구니 같은 굽은 등을 밀어

꼬막 조개 캐듯이 삶을 캐어 담는 해남 사람들

섬섬한 파도 빛 같은 동백 잎을 닮아

사람들마다 지지 않는 동백꽃을 피우며 살아가는 곳

제비꽃

기다림도 꽃으로 피나?

주인 떠난 지 십년도 넘는 빈집에

제비꽃이 피었다

너른 마당 다 버려두고

저희들끼리 보듬고 안기고 다독거리며

발자국이 그리운지 섬돌을 따라 돌며 피었다

제비꽃 빛깔 같은 올 팥 삶아 죽 끓여두고

군대간 손자 기다리던 울 할매 같은 꽃

송이마다 소식이 궁금한 귀 하나씩 달고

동구 밖 정류장을 향해

완행버스 따라가며 피던 꽃

마음은 기다림 짙은 잉크빛

팥죽 한 그릇 받아 놓고 생각하면

어두운 땅속 더듬어 밀어 올린

자줏빛 그리움

그릇 그릇 제비꽃이다

개화로도 다 말하지 못한 사연

섬돌 아래 묻어 두고

언젠가는 천상으로 날아갈 꽃

제비 눈 같은 열매 몇 알 남기고

제비 눈꽃이 되어 날아갈 꽃

내 팥죽 그릇 속으로 제비꽃이 진다

나무를 꿈꾸며

살아간다는 것이

서로의 언 발등 덮어주는 것이라는

나무들의 마을

겨울 숲에 가고 싶다

색욕 같은 단풍잎 벗고

욕망의 잔가지 다 잘라

작은 멧새 둥지나 하나 달고

새와 바람을 위해 기도하는

겨울나무가 되고 싶다

찬 계절의 갈피 속으로 눈이 내리면

가지마다 힘줄 세워 온몸으로 맞으며

참새발 같은 어린 가지 끝엔

봄을 잠재우고

바람 길섶에 서서도

바람의 음계 흥겹게 짚어가며

가지마다 핑꽝소리 날리는

노래하는 나무가 되고 싶다

소리가 익는 계절

아름다운 것은 소리로 익어 가는 계절
가을을 싣고 오는 기차의 발자국 소리
어제보다 더 맑은 울림으로 들려온다

이젠, 남은 물봉선 꽃 서둘러 피워내며
가을 들꽃들의 이야기에 귀를 기울이자

소리가 몸을 덮어 계절을 만들 때
황금빛 바람은 풍경 속으로 풀리고
나도 내 몸에 어울리는 소리를 얻어
이슬처럼 깨끗하게 영글어야 할 시간

강물은 남은 여름을 강가에 앉히고
조용히 갈대들의 노래를 들려준다
계절이 깊어질수록 달빛도 잘 익어
과일마다 깊은 단맛으로 스며든다

밤 깊도록 등불 끄고 마루에 걸터앉아

달을 끌고 가는 온갖 벌레소리 듣다가

대팻밥처럼 얇아진 마음에 달이 지면

그들의 언어를 빌려 나의 가을을 노래해야지

계절 속에 기다림이 숨어 살고

첫눈처럼 기다려지던 사람은
올 겨울에도 끝내 오지 않았다

뻥 뚫린 마음의 골목길을 따라
찬바람만 서릿발을 밟고 와
빈 새장 같은 내 늑골을 훑으며 달아났다

외로울 때 마다 사서 모아 두었던
꽃무늬가 예쁜 향수편지지
편지를 쓰기엔 내 나이테가 너무 두껍고
살 속 깊이 박힌 기다림의 습관을
뽑기엔 뿌리가 너무 깊은 것 같다

꿈속으로 언뜻언뜻 다녀간 얼굴
아침이면 뒷장이 찢겨 나간 편지처럼
속절없는 그리움만 더 채찍질 한다

길고도 긴 세월의 이랑에 서서, 나는

올봄에도 갖가지 꽃모종을 옮겨 심고

계절이 바뀔 때마다 꽃말에 어울리는

그리움 한 송이씩 편지지에 피워 올리며

꽃보다 더 아름다운 시를 쓸 것이다

그러다 또 한 계절의 끝에 찬바람이 일면

빈 봉투에 야문 꽃씨를 받아두고

저물도록 남은 시간을 긁어모아

첫눈처럼 올 그리운 사람을 기다려 볼 것이다

비 오는 산사에서

막차 타는 장꾼들처럼

바쁜 걸음을 하고

검은 구름 떼 산정을 지난다

구름의 몸놀림으로 천기를 읽어 가는

깊은 산속의 절집

많은 비 올련지

개미들이 징후를 물고 이동할 때

긴 다리로 성큼성큼 골짜기로 들어서는 빗줄기

가지에 앉았던 까치 날자

빗방울이 슬픈 상수리 알처럼 뚝뚝 진다

몇 년 전

절 뒤 켠 감나무에 매달아 둔

바알간 추억들

연두빛 감잎으로 다시 필 때

오늘 그 절집에서 비를 맞는다

아름다운 것은 다 인연이 되었다가 업이 되는 산사

빗발 속에 흐려진 산문에 서서

지나온 날들을 돌아보니

범종각 밑 목어 눈처럼 삶이 서럽다

끼니때가 지난 절집에서

도라지 무친 나물로 절밥을 먹고

감나무 밑을 돌아 산문을 나서니

하얀 도라지꽃 같은 얼굴이

손수건을 흔들며 산문밖에 섰다

풋감

풋감을 줍다 보면 괜히 서럽다

채 눈뜨지 않은 것들이

하얀 흙 마당에 젊음을 내팽개쳐

감꼭지에 고인 이슬이

마당 한켠을 가득 슬픔으로 채운다

조용한 아침 마당을 쓸면

감잎 같은 슬픔이

왜 할머니의 마당귀에 푸른 점으로 내려앉는지

유월의 마당에서 나는 몰라라

아 ! 牛情(우정)

자애보육원 가는 시골밭가에 늙은 어미소가
애호박 속살 같은 송아지 등을 핥아 주고 있다
보릿짚 태우는 연기를 뒤집어 쓴채
한나절 쟁기질에 젖은 몸으로
팽팽한 고삐를 새끼 쪽으로 당겨
절절한 사랑과 애정을 발라주고 있다

노동과 허기에 늘어진 혀가
핥고 지나간 자리마다 따뜻한 김이 서린다
멍에를 얹던 제 목의 아픈 추억 때문일까
풀물같이 멍든 生을 반추함일까
목덜미 주변을 어루만지듯 핥아주고 있다

여물통 더운 김은 들판으로 흩어지고
여물은 찬밥처럼 식어 가는데
깊은 흑요석 같은 눈동자에 새끼를 넣고
여물통도 마다하고 혀 목욕을 시키고 있다

가지의 말씀

해마다 마지막이라며 매실을 따던 할머니와
올해도 또 그 이야기를 들으며 매실을 딴다

나의 청매는 언제나 발돋움 저 쪽에 있고
할머니의 매실은 허리 굽힘 이쪽에 있다

손이 닿지 않은 가지 하나를 꺾어서 따자
이 사람아 내년에 뭐 따려고 그러냐 했다

청군 백군 같이 푸른 그늘을 깔고 앉아
할머니와 나는 오랜만에 맞담배를 피웠다

꺾인 가지 하나가 남기고 가는 깊은 울림
오늘 내가 딴 청매는 둥근 말씀들이었구나

내 눈망울 가에 고여 피는 야윈 매화 한 송이
내년에는 매화나무를 할머니라 불러야 할 것 같다

TO

겨울눈이 펑펑 내리던 날

봄만 오면

잊겠다던 생각이

꽃송이마다 그리움이다

이리도 질긴 그리움

올봄엔

모두 개화로 피워 버려야지

그대 없는 진주에 또, 꽃이 지네

개밥바라기별

내 이 필생(畢生)의 개화
잘 끝내고
그대 곁에 꼭꼭 떨어져서
뼛가루같이 하얀
순백의 사랑 한번 더 하고

삶의 흔적이 유적으로 바뀌는
산길
청송 밭에 묻어둔 마음 불러
한 가닥 소쩍새의 울음에 싣고
천상의 쏘문 별 밭으로 가리

거기서
꽁, 꽁, 별 하나씩 되었다가
두고 온 사진 틀 이승
어린 꽃망울들이 그리운 밤
초저녁 밥상머리

간장종지로 쏟아지는

노란 개나리꽃 같은 별이 되리

개화는 시작되는데

그대 없는 진주에 꽃이 핍니다

가지마다 눈 비비고 깨어나는

벚나무 아래로

외로운 사람처럼 걸어가면

내 마음에 와서 꽃으로 피는 그대

피는 꽃을

개화라 노래 할 수 없는 마음이 되어

밤별이 하나 둘 돋을 때까지

꽃같이 예쁜 사람 하나 생각하면

마음의 꽃밭엔 어느 새 꽃이 진다

결실 없는 낙화 곁에서

더러 먼 곳의 사람에게

편지나 쓰자

나비와 콜라병

더러

나비가 꽃밭을 이탈해

고속 질주를 하던 날도 있었다

그런 날은 별 없는 밤 이었다

그날이

그날처럼

꽃밭 너머 콜라색 비가 내리고

나비의 날개에 묻어나는 슬픔

슬픔을 말하기엔 너무 어두운 밤

지평선 너머 오페라의 길 같은 지하로

어둠처럼 몰려가서

이별에 부산정거장

석탄 열차를 탄다

삶 전부가

피난살이가 된 오늘

굳이 노래로 삶의 표피를 건드려야만 했을까

그것도 두 번씩이나

짙은 머리칼 사이로

기적소리가 울리고 검은 열차가

플랫홈을 떠난다

그 사이로 주름치마가 날렸던가

또 아닌가

이별에 부산정거장 위로 비는 내리고

어머니의 고추밭

고추 열릴 자리마다 고추 꽃이 핀다

어머니는 고추 한 포기가 신앙이다

쉽게 말하면 나무관세음보살이다

한포기 백원 주고 산 고추가

오십원어치 열리면 그 해는 흉작이다

그러나 우리집 고추는 어머니 용돈만큼 열린다

크기도 색깔도 또한 어머님의 의지다

작은 삼촌처럼 푸른 군복으로 질 수도 있다

그것도 엄마 뜻이다

고추가 크면 벌레도 생긴다

지나가던 이장이 고추벌레는 아침에 잎을 뒤져가며 잡으라고 했다

그러나 엄마는 오후까지 잡았다

짬뽕 한 그릇 시켜먹고 잡아도 벌레는 도망 안 가는데

벌레가 좋을까?

신들린 사람같다

때가 늦어지자 고추벌레 때문인지 오줌이 자꾸 마렵다

엄마한테 얘기하면 잡아 주겠지

아직도 나는 엄마의 풋고추밭이니까

길을 잃다

날이 갈수록
추억을 위해 남겨두었던
마음속의 길

하나 둘 다 잃고
진눈깨비 내리는 저녁
의미 없이 눈은 부쩍 내리고

지붕 낮은 마을에서
마음에 가 닿던 마지막 남은 길 하나
마음속으로 쓰던 편지들

오늘 밤
눈 속에 다 묻는다

살아 갈수록
그대에게 가는 길 멀고

지구의 불 끄고 눕는 밤

사람의 길은 묻히고

우주가 길 하나를 열어

턱 괴고 빛나는 별 하나 보인다

사진첩의 추억들을 뒤적이다 잠이 든다

지리산을 오르다
－천왕샘에서

이 새벽 빗소리 따라

물처럼 흐르며

그대에게 갈 수 있는

길 하나 생겼으면 좋겠다

그 길 따라

한 마리 물고기로 나서서

투명한 비늘마다

샘물소리 같은 맑은 귀를 달고

힘든 역류의 길 너머에 있는

그 샘으로 가고 싶다

목어처럼 굳어 가는 살점을 깨워

유영의 몸짓을 기억하던

지느러미와 부레를 달고

봉우리 밑에 숨겨둔 그 샘에서

뜨거운 사랑 눈으로 나누는

푸드득거리는 한 마리 열목어가 되고 싶다

晋州 오려거든

- 동회 종보 태규에게

친구야!

진주 오려거든

밤기차를 타고 오렴

차창에 비취는 마흔 몇 살의

얼굴을 유리창에 새기며

역 하나 지날 때마다

잊을 건 잊고 버릴 건 버리며

덜컹거리는 추억 한 장씩 넘겨가며

늦게 도착해도 좋으니

친구야

진주 오려거든

밤기차를 타고 오렴

빈 객실 칸칸이 불을 밝히고

젊은 한 때 이별의 그 간이역에서

그리운 사람을 밤새워 기다리던

통일호 완행열차면 더욱 좋소

마흔 넘어 빠르면 좋은 것이 뭐가 있겠소

오다 배고프면 어릴 때 그렇게 먹고 싶던 찐 계란이나 하나 까며

철길 너머 사라진 추억들을 싣고

친구야!

진주 오려거든

밤기차를 타고 오렴

갈대는 쉴 새 없이 바람을 퍼내고

바람은 언제부터 갈대 머리채 휘어잡는

불량아로 변했을까

갈대밭을 지나며

갈대가 바람에 시달리며 사각대는 소리를

늘 하는 말버릇이라 생각하면

뼈 속 깊은 곳에서 나오는 전언은 들을 수 없다

백발 성성한 우듬지 위로 쉴 새 없이 바람을 퍼내는 건

사유思惟의 갈밭으로 남으려는 몸부림이 아니라

온몸으로 철새들의 보금자리를 간사하려는 간절한 몸짓임을

알아야 한다

사람도 남을 위해 열심히 제 몸 말릴 때

맑고 낭랑한 영혼의 소리날까

말라터진 세상에서 풋풋한 정 그립거나

살아갈수록 까닭 없이 흔들리는 날은

바람을 따라 해질녘에 갈밭에 나가 보라

살얼음 물구덩에 실뿌리 몇 개 묻어두고
미풍에도 심각한 얼굴로 귀 기울이며 수런댐은
존재의 흔들림을 두려워함이 아니라

어두워지는 하늘 가
갯벌로 나간 어린 철새들의 날개 짓을 걱정하는
간절한 기도임을

소쇄(瀟灑)에서 씻다

죽리 지나서 대봉대(待鳳臺)

새 소리에 발꿈치 들고 가면

물소리가 마음을 씻어 주는 곳

댓잎 씻는 바람에 새 소리 흩어져

푸른 마디 사이로 숨고

바람도 새도 없는 적요의 곳

갓 사랑을 시작한 가시내가

열 나흗날 낮달 같은 사내와

대숲에서 마디를 만드는 곳

인간의 소리를 마음에 담으니

운주사에서 씻은 마음이

또 속세의 누추한 겹을 더 입는 곳

빈 소쇄원 담벽을 넘어

큰 걸음으로 겨울은 오고

소쇄한 마음이 누추의 몸을 씻어 주는 곳

나무

내가 고정관념으로 창문 너머

나무를 바라보았을 때

나무는 가지를 흔들지 않았다

깊은 사색의 자세로 서서

마지막 나이테를 그려 넣으며

잎을 모두 버리고 있었다

나무는, 겨울나무는

아무런 그리움도 없는 줄 알았다

내가 없으니 당연히 너도 없다

나 無

나무가 없는 곳의 하늘을 본적 있는가

축 처진 낡은 지붕 같은

고사목

바람에 허리가 부러진 나무

저 나무도

생을 마치기 전

한 장의 종이로 몸을 바꾸어

제 삶의 역사를 기록해두고 싶었는지

쓰러져도 잎을 종이처럼 펄럭이며 쓰러져 있다

푸른 색종이 같은 잎을

이젠 장경을 새길 목탄을 꿈 꿈인지

몸을 비틀어 물기를 짜낸다

버림

나는 내가 싫은 날

기차를 태워 보내 버린다

하동이고 광양이고 할 것 없이

나는 내가 미운 날

기타를 태워 보내 버린다

통일호고 새마을호고 할 것 없이

나는 내가 아픈 날

기차를 태워 보내 버린다

여름이고 가을이고 할 것 없이

3부
강

이름을 부른다는 것은

늦은 밤

혼자 불러볼 이름 하나를 가진 사람은

그리움의 깊이를 안다

몇 개의 자음과 모음이 모여

이렇게 큰 울림으로 살아나는

늦은 밤의 호명이여

나도 모르는 사이

아무리 퍼 마셔도 마르지 않는

우물처럼 이름은 그렇게 깊어져 있었구나

우물 속 같이 어두워본 사람은 안다

낡은 두레박이 길어 올리다 흘린 물방울

목마른 밤 물방울의 은유를

이름을 부른다는 것은

내가 들여다볼 수 없는 우물에

목마름의 두레박으로 외로움을 긷는 것이다

저문 삼천포항

선어(鮮魚)비늘빛 햇살을 싣고

항구를 떠난 배들이

수평선 너머 한 점 불빛으로 떠오르면

그 곱다는 삼천포

노산 앞바다도 어둠을 친다

갈피 같은 어둠을 넘기며

장어통발 어선을 붙들어 매 놓고

어구를 챙겨 김씨나 이씨가

제 몸의 비늘을 털며 집으로 오는 시간

지느러미들이 땅 쪽으로 쳐져 있다

와룡이라 했던가

그날 본 것을 다 잠재우고 돌아가야 한다는 삼천포

푸른 와룡산의 말씀

추억과 기억들을 쓸어 덮는 파도 소리에

사람들의 입술이 마른 침묵이 된다

한 잎의 파도소리를 귀에서 떼어내며

마지막 소주잔을 들 때

난바다로 나간 밤배를 부르는 저 따스한

등대 불빛

꼭

예닐곱 살 먹은 저녁 아이 불러들이는 어머니의 목청 같은

말복

초복 중복 무사히 보낸 말복 날 아침

지리산 거림 계곡으로 물놀이를 갔습니다

차가 자기들의 꼬리를 물고 으르렁거리는 길 위에서

나는 말복의 슬픔을 보고 말았습니다

포타 화물차 짐칸에 실린 물놀이 가는 아들과 그 곁에 큰 솥 하나

그리고 멍멍이 한 마리

멍멍이는 아무것도 모르고

어린 아이의 머리를 가끔씩 핥아주고 있었습니다

나는 막걸리를 마시며 오후 내내

그 개의 눈망울과 일생에 대해

생각 했습니다

정작 자기의 목숨하나 지키지 못하는 아이러니한

개의 일생에 대해서

나무 도마 위로 바쁜 칼질 소리만 지나가는 오후

아무 일도 없었다는 듯이 계곡을 따라

말복의 하루가 조용히 저물어갔습니다

정선길

찰옥수수 익어 가는
강원도 정선길

옥수수 수염발에 나이가 묻어
이래저래 얻어먹은 나이 몇 그릇

아리랑 한 소절로 아픔을 풀어내는
산 밑에 전세든 농가 두어 채

염소마냥 취나물 뜯어 닷새 장 나온
할마씨 장거리는 다 사도 오천원

감자 떡 네 솥을 쪄 팔고 돌아오는 엄마 밤길엔
산도 달도 동강에 빠져 한밤중이네

올챙이 국수 한 그릇으로 배를 채우며
겹겹 산그늘에 덮인 채 엄마 기다리던

달밤에 몰래 피는 달맞이꽃처럼

사립밖에 피어있는 올챙이 배꼽 하나

가을이 올 즈음

여름 햇살이

미운 일곱 살 같은 앞니 빠진 얄미운 햇살이

선생님도 오지 않는 뒤뜰로 끌려가

상급생 같이 서늘한 눈매의 시간 앞에서

무릎 꿇고 벌을 서고 있네

모든 살아있는 것은 이제

영글어 가을 쪽으로 침묵할 시간

결실은 저렇게 긴 여름의 땡볕 끝에서

물방울처럼 글썽이는 색깔로 맺혔다 지는 것인가

나는 남은 여름을 이렇게 송별하며

익은 대추 몇 알을 골라 따면

사람도 계절 따라 대추 볼처럼 저렇게

촌병 걸린 대추 볼처럼 절로 붉어져야 하는 것인데

가을이면 초록 그늘들도

낮게 낮게 엎드려 오후를 지나가고

친정 왔다가는 누이처럼

자꾸 자꾸 뒤돌아보며, 여름이

산그늘을 따라 섧은 발자국을 꾹꾹 눌러 찍으며 간다

감자꽃 어머니

흙 속인 줄 알고 있었나

세상에!

쭈그러진 살을 찢어 싹을 틔우고 있네

작년 가을 쩌먹다 팽개쳐둔

눈두덩이 시퍼런 봄감자 반 봉지

버려진 生의 마지막 외출인지

비닐봉지 구멍을 따라 발을 뻗고 있었다

솟음솟음 걸어오는 감자들의 발가락

베란다 타일을 밟는 하얀 발톱들이 눈부시다

사람들이 주먹을 쥐며 다짐을 하듯

뿌리들은 또 무슨 깊은 생각에 잠겼는지

하얀 발을 오므려 오던 길로 다시 돌아갔다

더듬거림과 떨림으로 기어가는 감자들의 발자국 소리가

오래도록 타일 위에 굴러다닌다

알면서도 속고 살기는 뿌리들도 마찬가지였나

목마름과 배고픔을 참고 날마다 기어가는

희망에 포장된 인간들의 내일이라는 곳도

닿고 보면 허공에 피우는 감자꽃 같은 것

힘없이 돌아와 풀어져 누운 날

검은 비닐봉지 속 어둡고 답답한 목마름을 위해

제 몸을 썩혀 쭈글쭈글한 빈 젖을 물리는 시든 감자꽃 어머니

세상에, 세상에!

………………

제 어미 진물에 목을 적시는 하얀 뿌리들의 입술이 눈물겹다

너무 늦게 알았네

철들고 나서 본 꽃이 있네
나무도 아닌 살에 피는 꽃

신열 뒤에 피는 꽃
내가 본 가장 뜨거운 꽃이었네

자식 키우는 사람들이 열꽃이라 했네

꽃이라고 다 아름답지 않다는 걸
마흔 넘어서 알았네

뜨거움이 꽃을 피우고
뜨거움이 또 꽃을 잠들게 하네

마흔 넘어 보았네
수천 송이 열꽃을 잠재우던 어머니의 손

검은 꽃이 손등에 무더기로 피어 있었네

꽃 한 송이 피우는 일이

꽃 한 송이 지는 일이라는 걸

마흔 넘어서 알았네, 너무 늦게 알았네

가을 서귀포

서귀포하고 불러보면

왜 밀감빛 서쪽 하늘이 먼저 떠오르며

왼쪽 눈이 신맛으로 감기는가

밀감만한 추억들이 익어

제주의 겨울을 만들어갈 때

뭍에는 감이 익어 가을을 만든다

아침에는 동쪽 성산봉을 적시더니만

저녁에는 무슨 은유의 빛을 푸는지

바다가 주막집 사람 얼굴빛이다

잘게 부서진 은하가

바람에 실려 은파 금파를 만드는 곳

가을에는 이곳을 탐라라고 불러주자

현무암 같은 가벼운 삶을 뱃전에 기대

항구를 떠나다 돌아보면

서귀포 파도들이 푸른 손수건을 흔들어 댄다

벌, 벌, 벌
―효수 형 이야기

우리 집 개가 말벌한테 얻어맞아

대문간에서 밥그릇을 베고 누워 죽었다

그때가 초등학교 3학년 여름

책 보따리 맨 채 부고장을 들고

연평 들 일 나간 엄마를 찾아 논두렁을

개같이 달렸다

아마 침도 꽤나 흘렸던 것 같다

그 와중에 개망초 꽃도 피었다 졌다

꿀의 단맛을 도둑맞은

그 날 이후

벌, 벌, 벌떼는

엉덩이에 화살촉을 장전하기 시작했다

개들의 마을을 향해서

사십칠년 전 오팔년 개띠 여름 이야기다

잠 속의 짐

늙은 낙타같이 빈 지게를 진 채

버려진 짐짝이 되어

짐꾼이 전봇대에 기대어 낮잠을 잔다

말발굽 소리를 내며 잠을 밟고 가는

사람들을 헤집고

길 건너 엄마손 같은 플라타나스 그늘이 건너와

얼굴을 곱게 가려준다

어느 가풀막에 짐을 져다 나르는 걸까

빈 지게가 가끔씩 흔들리며

잠 속에서도 땀을 팥죽 쑤듯이 흘리고 있다

짐꾼의 잠 속에는

꿈도 무거운 짐이 되는가 보다

흐르는 길

쌍계사 지나서도

비우지 못한 마음

불일폭포 앞에서 다 비운다

이 마음 흘러

섬진강 백사장에 물길로 흐르면

강도 푸른 길이 된다

깊을 대로 깊어져

물고기만 걸어 다니는 조용한 냇길이 된다

찻잔을 들다

녹차 향이 배어있는

봉명산 그 사람

웃을 땐 입술이 초승달을 닮아 좋고

침묵이 그리운 날엔

입술이 둥근 보름달이 되던

그 처녀

그믐인데도 보름달로 떠오른다

봉명산 녹차 밭을 노랗게 불들이며

물 때

눈물의 강을 건너가다 보면

사람도 강을 닮아

흐를수록 깊어져서

슬픔이며 아픔들을 감추며 흘러간다는 걸

강바닥을 보고서야 알았다

어머니의 강을 건너가다 보면

맑은 물빛 한 줄기를 바다로 흘러 보내기 위해

낮은 몸으로 바닥에 엎드려

누추를 뒤집어쓰고 있는 바위가 보인다

물 때 묻은 바위가 송사리 떼를 기르고 있다는 걸

강바닥을 보고서야 알았다

폐가

장독대에 버려진 이 빠진 그릇과 함께

지붕도 눈물깨나 흘렸는지 처마 밑이 깊게 패여

눈물길이 논고랑 같이 깊어져 있다

이 빠진 그릇에 고인 물속에 제 몸을 비춰본 날

지킬 것이 아무것도 없다는 걸 그제 사 알았는지

지난 장마에 집은 흙담을 무너뜨리기 시작하여

제 스스로 토해 낸 분노가 발치에 수북하게 쌓여 있다

담벽을 타고 오르던 담쟁이 덩굴

무너진 담벽에서 허탈하게 허공에 손을 흔들다가

다시 돌아 내려와 서로의 손을 잡아주는 7월의 廢家(폐가)

내가 막차를 타고 떠날 때 마다

부모님의 손사래 치던 작별인사를 닮은 잎

세대주의 이름표를 달고 당당함을 주춧돌 위에 세워

송진 냄새 풍기던 밀양박씨 집성촌

정적과 먼지와 거미가 어울려서 통째로 세를 얻어

문패도 달 수 없는 이 막막한 세대여

폐가처럼 무너져 내리는 아버지를 업고 병원을 나서

호롱불 같은 희망 하나를 벽에 걸던 밤

가망 없음 이라는 의사의 진단이

자꾸만 눈물길을 만들어 처마 밑으로 흘러가고 있었다

밤이 깊어지면서

집도 산그늘 그리움을 따라 조금씩 기울어져서

하루의 시간을 추녀 밑에 재우며 가끔씩 삐걱거렸다

물수제비

외로울 때는 강물소리도 위안이 된다
불혹에 문득 깨닫고 강가에 나서니
계절의 손길이 오래 전에 뿌려 둔
키 작은 패랭이꽃이 막 지고 있었다

남루한 삶의 시간 근처에 숨겨두었던
물빛같이 고운사람 조용히 떠올라
강가에 동그마니 앉아 눈감으면
생각이 깊을수록 물빛도 짙어지는지

푸른 강이 열고 오는 길 하나 보인다
눈을 뜨면 물망초처럼 시간은 흘러가고
마음이 일으키는 하얀 물거품만 남으리

미루나무 잔가지처럼 흔들리다가
내 삶의 보폭에 어울리는 흐름 위로
둥근 조약돌 주워 물수제비 날리면
물 동그라미 마다 보고픈 얼굴이다

위안을 얻기 위해 선 불혹의 강가에서
외로운 강줄기 하나를 더 만나니
시간의 손길에 묻어오는 계절이 두렵다

강가에 심어둔 추억 하나 있다면
가을에는 물빛 같은 열매로 익어갈까

강물 위에 그리움이라 써 놓고 돌아서니
어디서 떠내려온 씨앗의 기억들이 모여
붉은 코스모스 꽃을 밀어 올리고 있었다

가을이 깊었을까, 강심엔 맑은 하늘이 고여
물 동그라미 얼굴을 하나둘 지워가고 있었다

일몰 저편에는

가을에는 생각들이 낙엽을 따라 다닌다

바람의 주술에 따라 옷을 벗고

지상에 첫발을 내딛는 잎사귀

노랗고 붉은 꽃신이 참 귀엽다

바스락거리는 꽃신 한장 주워

귀에 대면 고무신 냄새가 난다

바람은 잎의 걸음을 따라

계절의 문턱을 넘나들고

서두르는 계절 따라

일몰의 하루는 빨리 온다

일몰 저 편이던가

꼬막껍질 같은 지붕 밑엔

땡깔*같은 불을 매달면

한 움큼 정도의 별이 뜬다

어둠에 하루를 묻고 등을 펴는 사람들

계절 한켠에 선 사람들의 옷이 자꾸 두꺼워만 간다

생각이 맑은 사람들 머리 위로

어두운 생각들도 하나 둘

바람의 길을 따라 노란 색종이 같은

분명히 폭설과 조락의 밤을 함께 몰고 올 것이다

시의 길

트럭타고 두 시간 반

어렵게 어렵게 찾아간 곳

자란만!

風情(풍정)에 취한 마음 설록으로 다스리며

콩비지도 구수해라 플로라의 저녁 밥상

저녁상 물려놓고 밤바다에 서면

섬들도 불을 끄고 잠자리에 드는

갯내음도 정겨운 자란만 풍정

나도 그 곁에서 섬으로 남고 싶다

밤새도록 바다에 젖 물리는 솔섬으로 남고 싶다

시의 길을 찾아갔다 빈손으로 돌아오는

밤 서리도 차가운 동짓달 초나흗날

길 위에서 길을 잃던 어두운 밤길

어두운 밤길이야 전조등이 밝히지만

내 시의 어두운 행로는 무엇으로 밝혀가나

시의 길을 짚어주시던 노교수님 말씀도

밤바다에 잠겨가고

시의 길이 무너져 내리는 후포 지날 때

아름다운 밤 풍정도 나를 떠나고

별빛만 한 차 싣고 집으로 오네

無念(무념)의 계절

칡꽃 향기 사부작 사부작 산사의 정적 깨던 산허리길

분 냄새도 알알한 가시나의 山門 약속

부끄럽고 황홀한 약속 덩어리를 머금고

호박죽 같은 단맛의 첫술 채 뜨기 전에

약속에도 단풍 드는가

몇 토막 얇은 가을 속으로

약속은 빗장 풀려

한해살이 풀 같이 시들어가고

산국화 망울지는 고성 옥천사

별리의 시간을 되씹으며, 혼자 걷는 산길

이젠 내가 나를 위로해야 할 시간

그게 뭐 사람의 잘못인가

잊어야지, 정녕 잊어야지 하면서 지내온

무겁고도 긴 질곡의 시간

계절도 깊어지면 숨죽인 발자국으로 가는지

열매도 잎도 다 진 상수리나무 숲에 들면

겨우살이 열매 찾는 청설모랑 다람쥐의 다부진 몸놀림

사람보다 먼저 겨울을 예감함이니,

야문 응어리 스스로 풀고

나도 이젠 나의 겨울을 준비할지니

휑한 이 산길에 설법 같은 눈발 날려

무념에 잠기면

세상사 부끄러움도 황홀함도 지나고 나면 다 부질 없어라

목련을 보며

세상이 엿관처럼 녹아

발목이 푹푹 빠지는 사월의 오후에

깨끗하게 살아가라고, 꿋꿋이 살아가라고

가지마다 순백의 숨길을 모아

할아버지의 말씀같이 깨끗한 하얀 꽃이 피네

인정의 실뿌리가 타들어가는 사막에

세상을 읽는 안목이 깊어

하늘을 향해 인간의 용서를 대신 빌며

코끼리 콧구멍에 돋아나는 죽순같은 하얀 꽃이 피네

할머니의 손길에서 뜯어지는 수제비같은 하얀 꽃이 지네

욕심없이 살아가라고

잎사귀의 욕망을 잠재우고 꽃잎을 버린다

무제

무당벌레 교미하는 고추밭 머리에서

내가 카프카의 한 마리 딱정벌레에

지나지 않는다는 걸 알고 얼마나 놀랐는지

넘어지면 혼자서는 일어날 수 없는

철저한 한 마리라는 걸 알고 얼마나 외로웠는지

세상살이가 힘들 땐

고추처럼 당찬 맛을 혀끝에 남겨 줄

한 마리 무당벌레가 그립다

작은 고추 잎 한 잎이라도 한 입씩 나누어 먹을 수 있는

한 마리 등 붉은 무당벌레가 되고 싶다

探梅(탐매)

아름다운 것은 기다림 뒤에 오는가

칼날 같은 계절 하나 보내고

외투 벗어 벽에 걸면

나무는 나무대로

눈 비비며

가지마다 봄을 내다 걸고

남은 겨울을 털고 있네

누가 저걸 결실의 시작이라 말하겠는가

손에 붙은 크림향을 지우고

무향의 마음으로 매화 곁에 서면

향기만으로도 넉넉히 배 채우며

한 석 달은 살아갈 것 같은

동글동글한 청매실 같은 생각이

손가락 마디마다 매달리는

섬진강변 매화마을

밭을 갈다가

사랑은 비워둔 채로

사람은 묶어둔 채로

너무 많은 계절의 진달래를 피워버린 그대여!

돌보는 이 없는 빈 밭고랑에서 바랭이처럼

내 외로움이 너무 깊게 뿌리를 내리기 전에

그대 올봄에는 오는가?

풀국새 울음 청승스레 들려오는

괭이 살이 유달리 좋다던 그 텃밭에서

이태 전에 그대가 뿌리고 간 말씨를 솎아내며

추억을 솎아내며.....

밭을 맨다오

빈 밭을 남겨 두면 잡초만 모여들어

주인 없는 밭 같아서 올해는 뭐든지 심어야겠소

그대여!

이젠 더 이상은 그대를 위해 남겨 둘

빈 밭 같던 가슴이 싫어

천왕샘 같이 마르지 않던 그대의 가슴을

하늘 한 귀퉁이에 버려야겠소

어제는

사랑하는 마음이 물꼬를 넘는 물처럼 흐르더니만

오늘은 없다

당신을 잊는다는 건

백련암 가는 숲길을 잃어버리는 것이다

강

한때는 문명을 은유하며

풍요를 싣고 와

젖줄 물려주던

그의 임무는 흐름이었다

어쩌다

험한 협곡의 산자락 베어 먹고

방죽을 넘어

점령군처럼

붉은 질주를 시작하지만

그건 계절의 배알진 장난일 뿐

철새 떼 깃든

인간의 남루까지

빨아 널던 그가

모두가 살기 좋다는

풍요의 강가에서

그대만 남루가 되어

수초에 감기는

지친 몸으로

여울목 근처에서 소리를 치며

몸을 뒤척이다가

누추의 강폭을 끌고

문명의 변두리로 쓸쓸히 걸어가네

무제1

살아오면서 쳐 놓은

쏘문 거물 사이로

봄이 걸리는지

꽃이 피고

볼트 수 낮은

노인대 학생들이

벚꽃나무 밑에서

소풍을 펴네

일찍 핀 꽃들은

바람의 날개를 물고

뿌리가 욕보는 쪽을 향해

지천으로 지고

젊을 때 대표이사를 지냈다는

노인회장이

봄이 들어설 틈도 없는

할매 곁에서

흰 오리 떼 같이

뒤뚱거리며

귀가를 하네

저녁밥

나이가 든다는 건

세월이 새겨 주는 주름살 개수

그것만은 아니야

아침에

새떼처럼 흩어졌던 가솔들

저문 밤길을 콩콩 밟고 와

오는 대로 둘러앉아 등불 밝히고

더운밥 나눠먹던

아름다운 저녁밥상

그 밥상머리를 잃어버리는 거야

비 오는 저녁

보온밥솥 뚜껑을 열고

녹슨 삽날 같은 숟가락으로

밥을 퍼먹고 있노라면

소금에 절인 깻잎처럼

삶의 짠 맛이 입가에 배인다

밥이 부르는 길을 따라

오늘은

콩닥거리며 고향으로 달려가

대청마루 위에 걸린 사진틀 속

흑백 사진 그 나이로 돌아가

더운밥 후후 불어 한 그릇 먹고

엎드려 책 읽다 잠들고 싶네

노을

해는 지기 전에 서쪽 창문에다 붉은 편지를 쓴다

하루의 삶을 일기로 남기고 싶었음이겠지

그러고도 적지 못할 사연들은 한데 모아

봉우리가 예쁜 산꼭대기에서 불을 지른다

사람들은 그 불길에 시선을 묻거나

아니면 귀를 바짝 갔다 대고

편지를 읽는다

마지막 순간에 귀를 바짝 당겨 놓고

속삭이는 듯한 편지를 쓸 수 있는 창문 앞에 서면

마음이 우체통처럼 붉어지며 사과 향으로 익어간다

누구도 말을 붙일 수 없기에

물은 혼자서 흘러간다

강가에서 만난 사람들은

주머니에 손을 넣고

침묵의 시간 속을 거닌다

갈대도 도둑까시도 외롭기는 마찬가지다

지나는 사람 옷에 붙어

도시의 골목을 기웃거려도

외롭기는 마찬가지다

새벽별이 된 사람,
박희섭 시인이 그리운 이들의 글

김경자 · 김분순 · 이종보 · 강동희

새벽별이 된 내님의 유고시집을 내면서

- 김경자 -

　새벽별이 유난히도 빛을 내며 창틀너머로 아침인사를 하는 시간이면 시인의 아내도 수많은 시를 가슴에 되새기며 하루를 연다.

　강산이 두 번이나 바뀔 만큼 긴 시간동안 종이박스 속에서 잠들지 못하고 꿈틀대는 싯귀들의 아우성을 모른 척 하며 꼭 꼭 눌러 두기만 했다. 가슴 한켠에 남아 있는 그리움과 미운 맘도 내려놓지 못한 채…

　가족여행이나 동네 한 바퀴를 돌면서도 언제나 메모를 해오던 그 사람은 시를 위해 살고 시를 위해 모든 것을 내려놓은 사람이지 싶다. 돌이켜보면 사물이든, 자연이든 어디에서건 찾아내던 반짝이는 언어들의 유희는 언제나 구름 위를 떠다니는 듯한 삶을 살다간 그 사람의 재산이었던 것 같다.

　아침 식사준비에 여념이 없는 나에게 자신이 지은 시를 가장 먼저 들어 보라며 독자의 비평이 필요하다고 낭독해주던 싯귀들, 그 때는 가슴에 와 닿기보다 귀찮게만 느껴지곤 했다. 왜 그리 여유도 멋도 없이 현실만 생각하며 살았는지.

　새벽 4시면 언제나 책상 앞에 앉아 시를 읽었지. 틈틈이 사서 읽은 시집 수백 권이 아직도 그대로 주인을 기다리는 듯하다. 바라볼 때마다 시려오는 맘 때문에 지금도 버리지 못하고 모셔놓고 산다.

　시인 등단과 자신만의 시집 출판은 그 사람의 소원이었지. 알면서도 여태 미뤄 온 것은 "유고집"이란 단어가 가져다줄 빈자리의 허전함을 또다시 맛보고 싶지 않은 여린 생각 때문이었을까? 내 나이 육십이 넘은 지금 담담한 마음으로 시작하려 하지만 남은 가족들의 묵은 아픔을 다시 들추어내는듯하여 조심스럽기도 하다.

　훗날 시골에 2층으로 된 집을 짓고 "단채"님의 그림은 2층에, 1층에는 자신의 시를 전시할 수 있는 예쁜 집을 지어 삶에 지친 사람들의 휴식 공간으로 만들어 보자던 그 언약은 이제 남은 사람들의 숙제가 되어버렸다. 항상 현실적이고 세속적인 건 내 몫이었으니 그 꿈도 언젠가는 내가 해결할 수 있을지는 모르겠지만…

　잊혀져가는 이가 남긴 시가 묻혀있는 것을 나보다 더 안타까워했던 소중한 벗인 화가 "단채"님이 직접 그림을 그리고 시를 아끼고 사랑하는 "곰단지야" 대표님과 수연님이 정성껏 챙겨주시니 용기 있게 시작한 것 같다.

전화 한통으로 친구의 유고집에 선뜻 마음을 내어준 강동회님, 이종보님 두 분에게도 진심으로 고마움을 전하고 싶다. 세상에서 잊혀진 사람에게 아직도 추억하는 든든한 친구가 둘씩이나 있으니 그 사람이 즐거워하는 모습이 눈에 선해온다.

언제나 나의 아픔과 기쁨을 함께 해준 든든한 친구 분순이와 현옥이 그리고 형제들의 따뜻한 사랑이 시집을 만들 수 있는 의지와 용기를 주었고, 이제 더 이상 미룰 수 있는 핑계거리를 만들 수 없을 만큼 많은 시간들이 밑거름이 되어 아름다운 시의 집을 지을 수 있게 되어 고맙기만 하다.

예쁜 시집이 출간되면 좋아하던 막걸리 한잔 사서 들고 그대 곁에 가서 이제는 내가 한번 낭독해볼 테니 잘 감상하시구려 !!!

옛날의 플로피 디스켓을 복원하지 못해 스크랩해놓은 자료들을 모은 것이라 혹 타인의 글이 올려진 게 있다면 연락 주시면 수정하겠습니다.

− 길상화 −

그림 몇 점 보태며

– 단채 김분순 –

젊은 날 우리는 "시인과 화가"란 찻집을 내자며 약속했었다. 그런데 그 시절을 흘려보낸 지금 시인 박희섭은 이 세상을 떠나 하늘나라로 갔다. 우리 곁에 없다.

몇 달 전 오랜 친구인 그분의 아내로부터 유고집을 내겠다는 말을 들었다. 친구는 시집에 들어갈 그림을 부탁했다. 그림을 그리며 많은 생각들을 해보았다. 함께 했던 청춘시절의 아련한 추억들, 사소한 기억의 조각들이 스쳐지나갔다. 그리 많은 글들을 남기려고 바쁜 일상을 보낸 것이었던지?

짧은 생을 마감하고 떠나간 시인 박희섭, 안타까운 마음을 담아 붓을 잡았다. 젊은 시절의 농담 같은 약속 대신 이렇게 유고집을 내게 되니 감회가 새롭다. 찻집 대신 이렇게나마 약속을 지키게 되어 큰 숙제를 한 느낌이다.

이 시집을 계기로 다시 "시인과 화가"라는 찻집에 대한 꿈을 꾸어본다.

지나가는 비   – 이종보 –

비!

고향에서의 소나기는 늘

아니 내가 본 바로는 늘,

산속 깊은 곳에서부터 왔다.

나의 갈등과 고민도 늘 그렇게 마음 깊은 곳에서부터 왔다.

이 소나기는 어디서 와서 어디로 갈까?

이 고민, 번뇌는 또 어디서 와서 어디로 갈 것인가?

이럴 때마다 어머니께서는 늘 말씀하셨다.

보야! 걱정하지 마라! 지나가는 비란다.

먼저 간 친우 野草(야초) 생각이 난다.

나에게는 野草(야초)이고 詩友(시우)들에게는 醉農(취농)이었다.

醉農(취농)으로 살더니 수확의 계절 가을에 취했는지 野草(야초)가 되어갔다.

그 가을이 오고 있다.

野草(야초)가 그립다.

지난 날 그 그리움의 조각들, 염주 알 몇 알을 쉼 없이 흘러가는 강물 속

에다 하나씩 하나씩 풀어놓아야겠다.

그대는 지금 어디에 있으며

나는 지금 내 삶의 어디쯤 와있는가?

아직도 나의 길은 멀다.

서두름이 없는 내가 더욱 좋다.

2021년 가을 문턱에 서서 친구를 그린다.

절친 이종보

박 선생을 추억하며 – 강농회 –

　벗 박(朴)의 유고집 발간에 즈음하여 친구 김(金)으로부터 글을 의뢰받았다. SNS를 하면서 신변잡기만 주절주절 하다가 막상 박 선생을 회상하려 하니 영광스러움 이전에 대견함과 아려지는 마음이 교차한다. 울돌(鳴石) 고을에서 10년씩이나 함께 뒹굴던 醉農(취농) 박희섭 선생! 그대와는 운명이었나 보다.

　우리가 배움터에 나섰을 때는 참으로 어둡고 열악했지. 한창 예민하던 시절에 우리는 서로 동무가 되어 주었고, 시간과 공간을 공유하면서 지향하는 이상도 다르지 않았어. 글자는 깨우쳤지만 조합 할 줄을 몰랐던 우리의 어린 시절! 촌뜨기답게 농사나 지으면서 살 것 같았던 우리가 성인이 되었을 때 정신적 빅뱅이 일어난 것 같으이.

　醉農(취농)은 가르치면서도 학생이기를 주저하지 않았기에 그 열매는 싯적인 영감으로 잉태되어 주옥같은 글들을 생산해내지 않았나.

　우리가 살아왔던 모습이 너무나 두보(杜甫)스러워서 시인이 되었던 醉農(취농)에게 이제는 이백(李白)이 되어보자고 토로했던 게 엊그제 같은데, 하고 싶은 말을 다 하지 못한 게 부지기수인데, 예고 없이 와버렸던 그대의 산화는 우리 젊음의 끝을 보는 듯 했고, 상심과 안타까움은 지금도 메아리친다네.

첫 시(詩)를 알리는 날. 소담스런 차림으로 친구들을 맞이하면서

『친구야! 진주에 오려거든 밤기차를 타고 오렴』

그렇게 잔을 모았던 친구들이 이제는 회합이라도 할라치면 참석률이 50퍼센트 밖에 될 수 없는 우스꽝스러운 세월이라네.

문명의 이기랄까, 그대와 주고받은 e메일을 꺼내보았다네. 그리고 그대가 내게 던져놓고 간 선자와 단소도 되새겨보았다네. 역시나 그리움이 한가득이고, 회포를 다 풀지 못한 회한이 머릿속을 요동친다네.

醉農(취농)! 섬진강 동쪽에서 그대와 마셨던 막걸리 맛을 어찌 잊을 수가 있겠는가! 이제, 그대가 남긴 글들이 무심했던 열여덟 해의 성상을 깨고 그 고운 자태를 발하노니 전설이 새로워지고, 곡조가 되살려져서 여러 인구에 회자될 것이 자명할 터.

이 날이 오기까지의 배려와 노고를 짊어졌던 친구 경자님께 심심한 경의를 표한다. 아! 이 얼마나 고마운 맘인가! 이 얼마나 즐거운 일인가!

시인의 절친 강동회

제비꽃

박희섭 시, 김분순 그림

발행일 : 2021년 9월 25일
편집, 디자인 : 이수미
펴낸이 : 이문희
펴낸곳 : 도서출판 곰단지
주소 : 경남 진주시 동부로 169번길 12, 윙스타워 A동 1007호
전화 : 070-7677-1622
팩스 : 070-7610-7107
전자우편 : gomdanjee@hanmail.net
ISBN : 979-11-89773-26-7